O Cavalo de Ébano

Uma história das Mil e uma noites

Tradução de Marta Chiarelli

Versão Inglesa de Richard Burton

Ilustrações de Andréa Corbani

São Paulo • 1ª edição • 2014

hedra

Grafia atualizada segundo o Acordo Ortográfico da Língua Portuguesa de 1990, em vigor no Brasil desde 2009.

Edição Iuri Pereira
Capa Andréa Corbani
Projeto gráfico Ana Mortara
Diagramação A+ Comunicação
Revisão Luan Maitan

Dados Internacionais de Catalogação na Publicação (CIP)
(Câmara Brasileira do Livro, SP, Brasil)

Burton, Richard Francis (1821 – 1890).
O cavalo de ébano: uma história das Mil e uma noites. / Richard Francis Burton. Tradução de Marta Chiarelli de Miranda. Ilustrações de Andréa Corbani. – São Paulo: Hedra, 2014. 64 p.; Il.

Tradução da versão inglesa de Richard Francis Burton (1821 – 1890).

ISBN 978-85-7715-343-5

1. Literatura Árabe. 2. Contos Árabes. 3. As mil e uma noites. 4. O cavalo de ébano.
I. Título. II. Miranda, Marta Chiarelli de, Tradutora. III. Corbani, Andréa, Ilustradora.

821.411.21 CDD-892.7

Índices para catálogo sistemático:
1. Contos: Literatura Árabe 892.7

Editora Hedra Ltda.
Rua Fradique Coutinho, 1139 (subsolo)
05416-011 São Paulo SP Brasil
+55 11 3097 8304
editora@hedra.com.br
www.hedra.com.br

Sumário

Capítulo I

Em tempos muito antigos viveu um grande rei chamado Sabur, que superava a todos os reis persas, não só em riquezas, mas também em sabedoria, inteligência e justiça. Era conhecido por sua generosidade e não deixava de atender condignamente aos que a ele recorriam, fossem pobres ou estrangeiros. Tinha três filhas, radiantes como a lua cheia, resplandecentes como jardins floridos, e um filho tão belo quanto o luar. No final do ano, o Rei costumava promover dois grandes festivais para comemorar o Ano-Novo e o Equinócio de Outono. Nessa época as portas dos palácios eram abertas e o Rei fazia doações, assim como proclamava a segurança do reino e promovia camareiros e vice-reis. E o povo a ele acorria para cumprimentá-lo e trazer-lhe presentes e servos.

Sabia-se que o Rei apreciava as ciências e a geometria, e num desses dias festivos três magos vieram vê-lo. Sendo exímios artesãos, tinham se especializado na confecção de objetos interessantes e raros, os quais impressionavam até mesmo os mais astutos e versados em mistérios. Eram de diferentes nacionalidades e cada um falava sua própria língua: o primeiro era indiano, o segundo, grego, e o terceiro, persa. O indiano foi o primeiro a se aproximar do trono, e depois de reverenciar o Rei e cumprimentá-lo pela data festiva, deixou diante dele um presente à altura da honra e dignidade do monarca, ou seja, a figura de um homem feito de ouro, ornado de pedras preciosas, segurando numa das mãos um trompete de ouro.

– Diga-me sábio, qual é a característica desta imagem? – perguntou o Rei.

E o indiano respondeu:

– Senhor, se deixada à entrada da cidade, a imagem será a guardiã; pois, se qualquer inimigo fizer menção de invadir seus domínios, ela tocará o clarim na direção do intruso, que ficará paralisado e cairá morto.

E o Rei exclamou, maravilhado:

– Quanta sabedoria! Se as suas palavras são verdadeiras, eu lhe concederei o que desejar.

Em seguida, adiantou-se o grego, o qual, prostrando-se diante do Rei, ofertou-lhe uma bandeja de prata onde se via um pavão de ouro circundado por vinte e quatro filhotes feitos do mesmo metal.

– Conte-me, sábio, qual é a qualidade deste pavão? – perguntou Sabur.

– Senhor – disse ele –, a cada hora do dia ou da noite ele bica um dos filhotes, dá um grito e bate as asas, até que as vinte e quatro horas tenham se passado. E quando chegar o fim do mês, ele abrirá o bico mostrando a lua crescente.

E o Rei disse:

– Se é verdade o que afirma, eu lhe concederei o que desejar.

Em seguida veio o persa, que reverenciou o Rei e o presenteou com um cavalo feito do mais escuro ébano, cravejado de ouro e pedrarias, e luxuosamente arreado. Quando Sabur o viu, ficou extasiado diante da beleza e criatividade da peça.

– Qual a utilidade deste cavalo de madeira, e como funciona? – perguntou o Rei.

– Senhor – respondeu o mago –, este cavalo pode conduzir para o alto a pessoa que o montar, e em apenas um dia cobrir a distância que normalmente tal pessoa levaria um ano para percorrer.

O Rei ficou impressionado diante dessas três maravilhas a ele ofertadas no mesmo dia, e voltando-se ao mago disse:

– Se as suas palavras são verdadeiras, e se tudo funcionar como se espera, certamente eu lhe darei o que quiser.

Capítulo II

Então os magos permaneceram no palácio durante três dias, para que os inventos fossem testados e o Rei conhecesse o segredo de cada mecanismo. O trompetista tocou o trompete, o pavão bicou os filhotes, e o sábio persa montou o cavalo de ébano, que o levou pelo ar e o trouxe de volta. Quando o Rei Sabur viu tudo isso, ficou maravilhado e sentiu como se fosse voar de tanta alegria.

– Agora estou certo da veracidade de suas palavras – disse ele –, e cabe a mim cumprir a promessa que lhes fiz. Peçam-me, portanto, o que quiserem, e seus desejos serão concedidos.

Os magos, que sabiam da existência das filhas do Rei, disseram-lhe:

– Se o senhor está satisfeito, aceita nossos presentes,

e nos permite fazer um pedido, suplicamos que conceda em casamento, a cada um de nós, uma de suas filhas, para que nos tornemos genros do Rei.

O Rei concordou prontamente, e mandou chamar o sacerdote, para que realizasse a cerimônia de casamento.

Por sua vez, as princesas tudo escutaram por trás das cortinas, e a mais nova observou que seu futuro marido era um velho de cem anos de idade, de cabelos brancos, testa enrugada, sobrancelhas sarnentas, orelhas estriadas, barba e bigode descorados, olhos vermelhos e esbugalhados, bochechas pálidas e encovadas, nariz flácido como uma berinjela, rosto encardido como avental de sapateiro, dentes tortos e lábios trêmulos. Para resumir, parecia um monstro.

Ora, a jovem era a mais bela e graciosa do seu tempo, mais elegante que uma gazela, tão gentil quanto a brisa mais suave, e mais radiante que a lua cheia. Logo, ao se dar conta de quem era o seu pretendente, foi direto para o quarto e entregou-se ao desespero, chorando amargamente. Eis que seu irmão, o Príncipe Kamar al-Akmar, ou Lua das Alturas, voltara de viagem e, ouvindo-a chorar, foi ao encontro da irmã preferida e lhe perguntou:

– O que tanto a aborrece? O que aconteceu? Não me esconda a verdade.

– Irmão querido, nada tenho a esconder – disse a Princesa, batendo com uma das mãos no peito. – Se nosso pai permite que algo tão pavoroso me aconteça, vou-me embora. E mesmo que ele me recuse sustento, sei que o Senhor, meu Deus, não me abandonará.

– O que quer dizer com isso? – insistiu o Príncipe. – O que tanto a aflige?

– Amado irmão – respondeu a Princesa –, nosso pai se encantou com um cavalo de madeira escura, presente de um feiticeiro, e a ele prometeu-me em casamento. Quanto a mim, nada quero com esse mago e se soubesse que teria de me casar com tal pessoa jamais teria vindo a este mundo!

O irmão procurou acalmá-la, e foi ao encontro do pai.

– Que mago é esse ao qual o senhor prometeu minha irmã caçula em casamento? – perguntou o Príncipe. – E que presente é esse pelo qual o senhor está matando minha irmã de tanta tristeza?

O persa, que estava próximo, ouviu as palavras do Príncipe e sentiu muita raiva.

– Meu filho – respondeu o Rei –, se você vir o presente que recebi, decerto vai ficar maravilhado.

Dizendo isso, pediu aos servos que lhe trouxessem o cavalo, e ao vê-lo o Príncipe muito o apreciou. Sendo exímio cavaleiro, logo montou o corcel e fez uso das esporas para dar a partida. Mas o cavalo não se moveu, e o Rei disse ao mago:

– Faça uma demonstração, pois o Príncipe também poderá ajudá-lo a realizar o seu desejo.

Ora, o persa, ainda ressentido, pois sabia que o Príncipe não desejava que a irmã se casasse com ele, indicou a manivela de subida, localizada no lado direito do pescoço do cavalo, e lhe disse apenas: "Gire a manivela". E se afastou. Mais que depressa o Príncipe seguiu a instrução, e, imediatamente, o cavalo, como se fosse um pássaro, elevou-se com ele nas alturas até desaparecer.

Perplexo diante da cena, o Rei ordenou ao persa que o fizesse descer.

Mas o mago respondeu:

– Senhor, o que me pede é impossível. O Príncipe, por ignorância ou orgulho, não me perguntou qual era a manivela da descida, e me esqueci de avisá-lo. Agora ele não mais será visto até o final dos tempos.

Quando o Rei ouviu essas palavras, ficou furioso e mandou aprisionar o feiticeiro. Em seguida, fechou as portas de seus palácios e entregou-se à tristeza; e o mesmo sucedeu a sua esposa, às filhas, e ao povo da cidade. O que era alegria transformou-se em amargura e dor.

Capítulo III

Quanto ao Príncipe, montado no cavalo, seguiu sem parar até se aproximar do sol, quando se deu conta de que estava perdido. Prevendo a própria morte, arrependeu-se do que fizera e refletiu:

– Agora percebo que o cavalo não passou de um artifício do mago para me destruir por causa de minha irmã caçula. Mas Alá é grandioso! Sei que estou desnorteado, sem recursos, ainda assim me pergunto: quem fez um dispositivo de subida, não teria feito outro de descida?

O Príncipe era um homem dotado de conhecimento e inteligência, e, ao examinar cada detalhe do cavalo, percebeu que além da peça de metal fixada no lado esquerdo do pescoço do cavalo havia algo similar no lado oposto.

– Tudo o que vejo são essas manivelas – pensou.

Ao acionar a manivela do lado direito, o cavalo voou mais que depressa para o alto. Quando o Príncipe soltou esse dispositivo e acionou o outro, à esquerda, o cavalo imediatamente interrompeu a subida e começou a descer na direção da face da terra, enquanto o cavaleiro procedia com mais e mais cautela, temendo pela própria vida. Agora, ciente do mecanismo, muito se alegrou e deu graças ao Todo Poderoso que o salvara da morte. Então começou a conduzir o cavalo, para cima e para baixo, até dominar a técnica. Logo depois, empreendeu a descida, sem interrupção, durante todo o dia, pois o corcel levara-o para muito longe da terra. Durante o percurso, o Príncipe se distraía vendo cidades e países que jamais conhecera.

Avistou então uma cidade muito bonita, situada numa terra verdejante, repleta de árvores e riachos, onde se viam gazelas nos campos, e teve curiosidade em saber que lugar era aquele. Sobrevoou a região, observando-a de um extremo ao outro, e, como se aproximava o fim do dia, pensou:

– Não há dúvida que este é o melhor lugar para eu passar a noite; e logo ao amanhecer regressarei ao meu reino para contar ao meu pai e a minha família tudo o que se passou.

Sendo assim, procurou um local onde ele e o cavalo estariam a salvo, e logo avistou no centro da cidade um palácio cercado por um muro imponente, com torres e ameias vigiadas por quarenta escravos negros vestin-

do armaduras e munidos de lanças e espadas, arcos e flechas.

Certo de que aquele seria mesmo um bom lugar onde pernoitar, acionou o dispositivo de descida, fazendo o cavalo precipitar-se como ave de rapina, e em seguida pousar suavemente no terraço do palácio. Ao desmontar, o Príncipe caminhou ao redor do cavalo para examiná-lo melhor.

– Impressionante! – pensou. – O sábio que o construiu com tanto esmero é sem dúvida um excelente artífice. Se eu retornar são e salvo ao meu país, e ainda reunir-me com meu pai, hei de recompensá-lo.

Nesse momento a noite o envolveu e ele ficou aguardando no terraço do palácio até constatar que tudo se aquietara. Não tardou a sentir fome e sede, pois nada comera nem bebera desde que deixara a casa do pai.

– Com certeza, num palácio deste porte encontrarei provisões – pensou ele.

E deixando o cavalo no terraço, foi buscar o que comer. Em dado momento, chegou a uma escadaria e descendo-a até o final viu-se num pátio revestido de mármore branco e alabastro, que brilhava ao luar. Admirou o bom gosto do ambiente, mas não ouviu qualquer conversa, nem avistou pessoa alguma. Então permaneceu imóvel, olhando ao redor, sem saber aonde ir.

– O melhor que faço – pensou – é voltar ao local onde deixei meu cavalo e passar a noite perto dele; quando amanhecer, irei embora.

Entretanto, enquanto falava consigo mesmo, percebeu uma luz no interior do palácio, e seguindo naquela direção descobriu que havia uma vela à porta de entrada de um harém, onde se via uma sentinela adormecida. O homem, comprido como uma tora, estava deitado diante da porta, e o pomo de sua espada refletia a chama da vela; na altura de sua cabeça havia uma bolsa de couro pendurada numa coluna de granito. O Príncipe ficou receoso e pensou:

– Que Alá, o Supremo, que uma vez livrou-me da destruição, dê-me forças para me aventurar neste palácio!

Assim dizendo, pegou a bolsa, e no seu interior encontrou iguarias. Depois de se servir do necessário e matar a fome e a sede, o Príncipe devolveu o farnel ao local onde o encontrara e se apossou da espada que estava na bainha do guarda adormecido.

Capítulo IV

Sem saber o que o destino lhe reservava, o Príncipe avançou pelo palácio até chegar a uma segunda porta, de onde pendia uma cortina. Ao abrir a cortina, entrou no recinto e avistou um sofá feito do mais branco marfim, incrustado de pérolas e zircônios, ao redor do qual dormiam quatro jovens escravas. Aproximou-se do leito, e lá encontrou uma jovem adormecida, tão bela quanto a lua surgindo no horizonte. Os cabelos longos a vestiam, as sobrancelhas eram claras e o rosto era corado como anêmonas vermelhas. Impressionado com sua beleza e suavidade, o Príncipe não mais temeu a morte.

Chegando mais perto, e tomado pela emoção, beijou-a na face direita. Assim que a jovem despertou e viu o Príncipe ao seu lado, perguntou-lhe:

– Quem é você? De onde vem?

– Sou o seu servo apaixonado – respondeu ele.

– E quem o trouxe aqui? – perguntou a jovem.

– Deus e o destino – disse ele.

Então, Shams al-Nahar (pois era este o seu nome) disse-lhe:

– Seria você aquele que ontem pediu minha mão em casamento e pelo fato de ser muito feio meu pai o rejeitou? Deve haver um engano, pois você é muito bonito!

De fato, o filho do Rei de Hind havia pedido a Princesa em casamento, mas o pai da jovem não o aceitara por considerá-lo feio e inculto. Mas quando ela se deparou com o jovem tão belo como o luar, o amor a envolveu qual chama ardente, e os dois começaram a conversar.

De repente, as damas de companhia acordaram e, vendo o Príncipe com sua ama, perguntaram à Princesa:

– Senhora, quem é este que lhe faz companhia?

E ela respondeu:

– Deve ser aquele pretendente que meu pai recusou. Quando acordei, encontrei-o sentado ao meu lado.

– Mas, senhora, aquele pretendente é horrendo e este homem é bonito e de alta estirpe. Na verdade, o outro não serviria a ele nem como escravo.

Em seguida as damas se dirigiram ao guarda, e vendo-o adormecido, acordaram-no e lhe perguntaram:

– Como foi que você, o guarda do palácio, deixou que um estranho se aproximasse de nós enquanto dormíamos?

Ao ouvir isso a sentinela ergueu-se imediatamente, levou a mão à espada, e se assustou quando não a encontrou. Agitado e confuso, entrou no harém e se deparou com o Príncipe ao lado da senhora.

– Quem é você? É um ser humano ou um demônio? – perguntou-lhe o guarda.

– Escravo insolente! – retrucou o Príncipe. – Como se atreve a me comparar a um demônio infame?

Enfurecido como um leão, o Príncipe empunhou a espada, dizendo:

– Sou o genro do Rei, e ele concedeu-me a mão de sua filha e permitiu que eu viesse vê-la.

– Se é assim, então o senhor a merece mais do que qualquer outro – disse o guarda, que correu para avisar ao Rei que um demônio, fingindo-se de príncipe, acercara-se de sua filha.

O Rei, indignado, perguntou ao guarda:

– Como pôde ter sido tão descuidado ao ponto de permitir que um espírito mau se aproximasse da princesa?

Dizendo isso, o Rei foi depressa aos aposentos da filha, e, ao chegar, perguntou às escravas sobre o ocorrido.

– Senhor – elas disseram –, quando acordamos, vimos um jovem, bonito como o luar, conversando com a Princesa. Então quisemos saber do que se tratava, e ele afirmou que o senhor lhe concedera a filha em casamento. Se é homem ou demônio não sabemos, mas é discreto e bem-educado, e nada fez de inconveniente.

Capítulo V

O Rei, então, abriu lentamente a cortina, olhou para o interior dos aposentos da Princesa, e a viu ao lado do Príncipe, cujo rosto radiante fazia lembrar o luar. Diante da situação não se conteve, e, temendo pela honra da filha, investiu contra o rapaz, espada em punho. Ao vê-lo o Príncipe perguntou à jovem:

– É este o seu pai?

E ela respondeu que sim.

O Príncipe levantou-se bruscamente, e agarrou a espada, preparando-se para se defender. Mas o Rei, percebendo a valentia do Príncipe, desistiu de enfrentá-lo, e embainhou o sabre.

– Jovem, o que você é? Homem ou demônio? – perguntou-lhe o Rei.

– Bem que eu o mataria se não o respeitasse, nem a

sua filha! Como se atreve a confundir-me com demônios? Sou o Príncipe da casa real dos Chosroes, que poderiam abalar, como um terremoto, o seu reino e sua glória, e destituir- lhe de todas as posses.

Assim que o Rei ouviu essas palavras, ficou atônito e acrescentou:

– Se você é o filho do grandioso Rei, como explica o fato de ter entrado no palácio sem que eu permitisse, e ter me desrespeitado ao se aproximar de minha filha, fazendo-se passar por seu pretendente? Saiba que mandei matar reis e príncipes que pretenderam desposá-la. E agora, quem o livrará da minha justiça se eu ordenar aos meus servos que o matem?

– Muito me espanta a sua astúcia! – respondeu o Príncipe. – Mas diga-me senhor: haverá companheiro melhor para sua filha e mais indicado para o posto de sultão, ou mais ilustre e poderoso do que eu?

– Ainda assim, esperava que você agisse segundo os costumes da realeza, e seu pedido fosse feito diante de testemunhas, publicamente – disse o Rei. – Agora, mesmo que eu lhe conceda a mão de minha filha entre estas quatro paredes, você já a terá desonrado.

– Sim, compreendo – retrucou o Príncipe –, mas se ordenar que seus escravos e soldados me matem, como pretende, o senhor estará contribuindo para a sua própria desgraça, pois muitos vão se opor ao Rei. Por isso, deixe-me aconselhá-lo.

– Qual é o seu conselho? – perguntou o Rei.

– O que tenho a propor é o seguinte – disse o Príncipe: – Ou nos encontramos para travar uma luta, e aquele que vencer será considerado o mais digno, ou então, deixe-me em paz esta noite, para que logo ao amanhecer eu esteja apto a enfrentar a sua cavalaria, infantaria e todos os seus servos. Mas antes quero saber quantos são.

– São quarenta mil cavalos, além dos escravos e servos, de igual número – disse o Rei.

– Então, assim que amanhecer – disse o Príncipe –, mande-os enfrentar-me, dizendo o seguinte: "Este homem é pretendente à mão de minha filha, desde que lute contra todos vocês, sozinho, pois ele afirma ser capaz de derrotá-los". Dito isso, deixe-me lutar. Se me matarem, seu segredo estará a salvo e sua honra preservada, e se eu os derrotar, é porque sou digno de ser genro de um rei.

O Rei concordou, apesar de se surpreender diante da ousadia da proposta do jovem e sua pretensão de enfrentar todo o exército do reino. Por outro lado, estava certo de que o Príncipe morreria em combate, e assim se livraria dele e da desonra. Portanto, sem demora, chamou o guarda e mandou-o dizer ao comandante que reunisse toda a cavalaria, devidamente armada.

Capítulo VI

Agora impressionado com a sabedoria, sensatez e elegância do Príncipe, o Rei conversou com ele durante um longo tempo. E quando raiou o dia, voltou ao palácio e determinou às ordenanças que preparassem o melhor corcel, com a melhor sela e os melhores arreios e o levasse ao Príncipe. Mas o jovem disse:

– Antes quero ver as tropas.

– Seja como quiser – respondeu o Rei.

Em seguida os dois foram até o campo onde o exército estava perfilado. Nesse momento o Rei exclamou:

– Ouçam todos, eis aqui um jovem pretendente à mão de minha filha, e, na verdade, jamais conheci homem tão nobre, destemido e forte, pois ele afirma que é capaz de derrotá-los, sozinho, ainda que fossem cem mil. Portanto, quando ele atacar, recebam-no com armas e discernimento, pois é grande o seu desafio.

Em seguida o Rei disse ao Príncipe:

– Vá, meu filho, e enfrente-os.

– Mas o senhor não está sendo justo comigo! – disse o Príncipe. – Como poderei enfrentá-los se estou a pé e eles montados?

– Bem que lhe ofereci montaria, mas você recusou. Escolha, então, o cavalo que quiser – disse o Rei.

– Nenhum dos seus cavalos me agrada – disse o Príncipe. Só montarei aquele que me trouxe aqui.

– E onde está o cavalo? – perguntou o Rei.

– No terraço do seu palácio – respondeu o Príncipe.

Ao ouvir isso, o Rei ficou indignado e exclamou:

– Que absurdo! Por acaso enlouqueceu? Como é possível um cavalo no terraço do palácio? No entanto, vamos verificar se você está dizendo a verdade ou não.

Então ordenou a um dos comandantes:

– Vá e traga-me o que encontrar no terraço do palácio.

E todos se admiraram das palavras do jovem Príncipe, e comentavam entre si: "Nunca se ouviu falar de um cavalo que pode descer do terraço pelas escadas".

Ao encontrar o lindo cavalo, o oficial examinou-o e viu que era feito de ébano e marfim. Ele e os demais acharam graça e comentaram:

– Então é este o cavalo de que falou o jovem? Deve estar louco. Mas precisamos apurar a verdade. Afinal, trata-se de assunto sério e ele é um homem de alta estirpe.

E levaram o cavalo à presença do Rei. E todos os súditos admiraram a beleza da peça e a riqueza dos ornamentos. O Rei, igualmente impressionado, disse ao Príncipe que o montasse. Mas, antes disso, ele pediu que as tropas se afastassem, e o Rei não hesitou em fazer cumprir essa exigência.

Quando o Príncipe anunciou que estava prestes a montar o cavalo e derrotar o exército, o Rei lhe disse:

– Siga o seu intento, e não tenha piedade, porque meus homens não hesitarão em destruí-lo.

E o Príncipe afinal montou o cavalo de ébano, enquanto as tropas se acercavam dele. E um soldado disse ao outro:

– Quando ele se aproximar das fileiras, vai sentir as pontas de nossas lanças e as lâminas de nossos sabres.

– Que absurdo! Matar um jovem tão belo! – disse outro.

E um terceiro ainda acrescentou:

– E não vai ser fácil dominá-lo, pois está seguro de sua habilidade e bravura.

Nesse ínterim, o Príncipe, a postos, girou a manivela de subida, enquanto os olhares se fixavam nele para ver o que aconteceria; o cavalo começou a fazer os mais estranhos movimentos, balançando-se para frente e para trás, até inflar a barriga e alçar voo, levando o cavaleiro para o alto do firmamento.

– Incompetentes! Peguem-no! Ele está escapando! – gritou o Rei.

Mas seus comandantes e vice-reis lhe disseram:

– Majestade, como poderíamos alcançar um pássaro? Este homem certamente é um feiticeiro poderoso ou um demônio. Graças ao Todo Poderoso que o senhor e o exército foram salvos dessa magia.

Depois de ver a façanha do Príncipe, o monarca voltou ao palácio para contar à filha o que se passara no campo de batalha. Encontrou-a muito aflita e debilitada, chorando a ausência do Príncipe. Vendo-a nesse estado, o pai abraçou-a e disse:

– Ah, minha filha, agradeça a Alá por nos ter livrado daquele feiticeiro, daquele ladrão que só queria seduzi-la!

Mas a Princesa não prestou atenção àquelas palavras insensíveis e chorou ainda mais, prometendo a si mesma que iria jejuar até o dia que Alá os reunisse.

Capítulo VII

Quanto ao Príncipe Kamar al-Akmar, seguiu cavalgando no espaço em direção a sua terra natal, e durante o percurso não deixou de pensar na Princesa, em sua beleza e meiguice. Tinha perguntado às pessoas qual era o nome da cidade onde vivia o Rei e sua filha, e lhe disseram que se chamava Sana'a. Depois de viajar a toda velocidade, chegou à região onde morava sua família e pousou no terraço do palácio do Rei, onde deixou o cavalo. Ao descer as escadas viu a soleira da porta coberta de cinzas e pensou que algum membro da família tivesse morrido. Assim que entrou, viu o pai, a mãe e as irmãs em trajes de luto, com os rostos pálidos e abatidos. Assim que o pai o viu, deu um grito de alegria, e a emoção foi tão forte que perdeu os sentidos. Assim que se recuperou, abraçou o filho fortemente, feliz por tê-lo de volta. A mãe e as irmãs se aproximaram para saber o que se passava, e quando viram o Príncipe acercaram-se dele, beijando-o e chorando de felicidade. Perguntaram o que havia acontecido, e ele contou-lhes tudo, do começo ao fim.

– Graças a Alá que o protegeu! – disse o pai.

A boa notícia correu na cidade, e o Rei promoveu uma grande festa. Logo se ouviu o som dos tambores e címbalos, e a família trocou o luto por trajes alegres e vistosos, enquanto as ruas e mercados foram ornamentados para a ocasião. Além de proclamar a anistia geral e libertar os prisioneiros, o monarca ofereceu banquetes à população durante sete dias e sete noites. Quando o rei desfilou pela cidade ao lado do filho, a alegria era geral, e muitos súditos deles se acercaram para cumprimentá-los.

Pouco tempo depois, o Príncipe quis saber o que acontecera ao homem que construíra o cavalo. O Rei disse-lhe que o persa com toda certeza não era um ser abençoado, pois causara a separação entre pai e filho, e por isso estava preso. Mesmo assim, ordenou que soltassem o mago e o recompensassem plenamente, deixando bem claro, no entanto, que ele jamais teria a mão de princesa. Ao saber disso, o mago ficou revoltado e arrependeu-se do que fizera, pois agora o Príncipe conhecia o segredo do mecanismo do corcel.

E o Rei disse ainda ao filho:

– Recomendo-lhe que daqui por diante não se aproxime do cavalo, pois poderá se enganar quanto ao seu funcionamento.

O Príncipe então contou ao pai a aventura na terra do Rei de Sana'a, ao que lhe disse o Rei:

– Não era chegada a sua hora, porque se o Rei de Sana'a pretendesse matá-lo é o que teria feito.

Quando as festividades chegaram ao fim, todos voltaram para suas casas, e o Rei e o filho retornaram ao palácio, onde passaram o resto da noite se divertindo. Para entretê-los, uma linda criada que tocava com perfeição o alaúde começou a dedilhar as cordas e cantar versos sobre dois amantes que se separaram.

"Não pense que a ausência me faz esquecer.
Haverei algum dia de apagá-lo da lembrança?
O tempo se acaba, mas jamais o meu sentimento
E no seu amor hei de morrer e nele renascer".

Ao ouvir esses versos uma chama antiga reacendeu o coração do Príncipe. Dominado por tristeza e remorso, apaixonado que estava pela filha do Rei de Sana'a, levantou-se e, sem que o pai o percebesse, foi direto montar o cavalo. Depois de acionar a manivela de subida, partiu para as alturas como se fosse um pássaro. De manhã cedo o pai notou a sua ausência e quando subiu ao terraço do palácio ainda viu o filho se distanciando no firmamento, o que lhe causou aflição e arrependimento por não ter escondido o cavalo.

– Por Alá! – pensou. – Se meu filho um dia retornar, não hesitarei em destruir o cavalo para não mais me preocupar.

E mais uma vez se recolheu, entregue à tristeza.

Capítulo VIII

O Príncipe, por sua vez, foi direto à cidade de Sana'a e pousou no terraço, como fizera anteriormente. Desceu as escadas, passou pela sentinela adormecida (como sempre), abriu a cortina e logo chegou ao quarto da Princesa, que estava em prantos, tendo ao seu lado as damas de companhia que a consolavam.

Enternecido diante do que presenciara, o Príncipe entrou e, vendo-a deitada e descoberta, tocou-a.

– Por que tanta tristeza? – perguntou-lhe.

Ao reconhecê-lo, a jovem atirou-se em seus braços, beijou-o e lhe falou de todo o sofrimento durante a sua ausência.

– E eu, quanto tempo me amargurei por sua causa! – disse o Príncipe.

Mas ela acrescentou:

– Se você tivesse demorado mais, eu não teria resistido! Como pôde me deixar? Por acaso minha vida teria sentido depois que você fosse embora?

– O que passou, passou – disse o Príncipe. Agora, vamos celebrar o nosso reencontro.

A pedido da Princesa, as servas preparam uma refeição, e os dois se sentaram para comer, beber e conversar durante toda a noite. Ao alvorecer, o Príncipe se levantou para partir antes que o guarda despertasse, e Shams al-Nahar perguntou-lhe aonde ele ia.

– Vou para a casa de meu pai, mas virei vê-la uma vez por semana – respondeu ele.

Foi então que a Princesa, com os olhos marejados de lágrimas, implorou-lhe que a levasse.

– Não me deixe sentir outra vez o gosto amargo da separação.

– Você viria mesmo comigo? – perguntou ele.

A Princesa respondeu que sim, e ele concordou em levá-la.

A jovem foi buscar em uma arca objetos de ouro e joias, enfim, o que possuía de mais valioso, e saiu sem que as damas de companhia a vissem. O Príncipe, então, levou-a até o terraço e, montando no cavalo de ébano, acomodou-a na garupa, certificando-se de que estava bem segura. Em seguida, girou a manivela de subida e o cavalo ergueu-se no alto dos céus.

Ao notar a ausência da sua senhora, as damas se apavoraram e foram logo contar aos pais da Princesa o

que tinha se passado, e eles imediatamente subiram ao terraço, a tempo de ver o cavalo mágico se distanciando no alto do céu, levando o Príncipe e a Princesa. Diante disso, o Rei ficou atordoado, e gritou:

– Príncipe, eu lhe suplico. Por Alá, tenha compaixão de mim e da minha esposa e não leve nossa filha!

O Príncipe não respondeu, mas pensando que talvez a jovem estivesse arrependida por ter deixado o pai e a mãe, perguntou-lhe se ela queria que ele a levasse de volta.

– Não! – respondeu a Princesa. – Meu único desejo é estar com você, e meu amor por você é mais importante do que tudo.

Ouvindo essas palavras, o Príncipe sentiu uma alegria imensa e conduziu o cavalo suavemente para não perturbá-la. E assim prosseguiram até avistar um prado verdejante onde jorrava água de uma fonte. Nesse lugar pararam para comer e beber e, em seguida, o Príncipe, com a jovem à garupa do cavalo, seguiu viagem até chegar à cidade de seu pai.

Capítulo IX

O Príncipe não cabia em si de felicidade ao mostrar à amada a sede de seu domínio e o poder e dignidade do Rei. Deixou-a então na residência de verão da família real, local não muito distante da entrada da cidade, e pediu-lhe que vigiasse o cavalo de ébano que foi deixado próximo à porta.

– Aguarde até que o meu mensageiro venha buscá-la – disse ele –, pois agora vou pedir ao meu pai que seja providenciada a recepção, conforme os costumes reais.

Essas palavras muito a agradaram, e ela concordou prontamente, pois compreendia que não deveria entrar na cidade sem o devido cerimonial.

Ele foi, então, encontrar-se com o Rei, que o recebeu de braços abertos. Disse-lhe então o Príncipe que trouxera a jovem da qual lhe falara e pedia-lhe que fosse recepcioná-la com toda pompa militar. O Rei respondeu-lhe que seria uma grande alegria, e logo determinou que a cidade fosse decorada com os mais finos ornamentos.

Pouco depois, o Príncipe, vestindo os trajes mais luxuosos, deixou o palácio a cavalo, em todo estilo e majestade, acompanhado pelo anfitrião, pelos oficiais, familiares, e músicos, levando tambores e toda sorte de instrumentos. Para o transporte da Princesa foi preparada uma liteira com dossel de brocado nas cores verde, vermelho e amarelo, e no seu interior seguiam jovens servas da Índia e Grécia. O Príncipe então, deixando a comitiva, adiantou-se e foi até a casa de veraneio onde deixara a jovem, mas nada encontrou; nem Princesa, nem cavalo.

Desesperado, andou pelo jardim até se acalmar e perguntou a si mesmo como ela poderia saber o segredo do cavalo se ele nada lhe dissera. Será que por acaso o mago persa a encontrara e a raptara para se vingar?

O Príncipe perguntou então aos guardas:

– Viram alguém entrar aqui? Digam-me a verdade ou serão castigados.

Os guardas, assustados com o tom ameaçador do Príncipe, responderam:

– Vimos somente o mago persa que veio colher ervas medicinais.

Certo de que tinha sido ele mesmo que levara a jovem, o Príncipe foi dizer ao pai o que acontecera.

– Agora só lhe resta retornar à cidade com as tropas – disse ele ao Rei. – Quanto a mim, vou partir e só voltarei quando o assunto for esclarecido.

– Ah, meu filho – disse o Rei, entristecido –, não se desespere. Pretendo apresentá-lo a uma jovem que você poderá desposar.

Mas o Príncipe não lhe deu ouvidos e se despediu do Rei. Este voltou à cidade, onde o que era alegria transformou-se em desalento.

Capítulo X

Conforme quis o Destino, depois que o Príncipe deixou a Princesa na casa de veraneio e se dirigiu ao palácio do Rei para tomar as devidas providências, o velho persa entrou no jardim para colher ervas, e sentindo o doce perfume de almíscar que exalava da Princesa e impregnava todo o lugar, seguiu-o até chegar ao pavilhão, onde, para sua satisfação, encontrou próximo à entrada o cavalo que ele mesmo construíra. Em seguida montou-o para examiná-lo e concluiu que estava em ótimas condições. Estava prestes a partir quando refletiu:

– Antes preciso saber o que o Príncipe trouxe até aqui.

O mago entrou no pavilhão onde viu a princesa, radiante como o sol no firmamento, e ao perceber que se tratava de uma jovem da nobreza, concluiu que o Príncipe a deixara aguardando no pavilhão enquanto se preparava para a luxuosa procissão de entrada.

Então o mago se aproximou, e ela, ao ver aquela criatura tão feia, perguntou-lhe quem ele era.

– Ah, senhora – respondeu o mago –, sou o mensageiro do Príncipe, e ele me pediu que a levasse para outro local, mais próximo à cidade, porque seria mais conveniente à Rainha, que muito deseja conhecê-la.

– Onde está o Príncipe? – perguntou a jovem.

– Ele foi à cidade encontrar-se com o Rei – respondeu o persa – e logo virá vê-la com grande pompa.

– Ele não poderia ter me mandado um mensageiro menos feio? – perguntou a Princesa.

O mago achou a pergunta muito engraçada, e respondeu:

– É verdade, nem mesmo um mameluco é tão feio quanto eu, mas não deixe que minha aparência a engane, pois meu serviço é inestimável. Quando conhecer meu trabalho, de certo vai me elogiar. Na verdade, justamente por causa de minha aparência, o Príncipe, que é um homem ciumento, escolheu-me como mensageiro.

Essas palavras pareceram razoáveis à Princesa e ela acreditou no homem.

– Onde está o cavalo que deverei montar? – perguntou ela.

– A senhora deve montar o mesmo cavalo que a trouxe – disse-lhe o mago.

– Mas não posso montá-lo sozinha – disse a Princesa.

Diante disso ele sorriu, percebendo-a sob seu controle, e disse:

– Eu mesmo vou levá-la.

Em seguida montou, acomodou a jovem na garupa, e girou a manivela de subida, fazendo com que a barriga do cavalo inflasse e ele balançasse para frente e para trás até erguer-se no espaço e se distanciar. Quando Shams al-Nahar viu que se afastavam da cidade, perguntou-lhe:

– Não foi por ordem do Príncipe que veio me buscar?

– Maldito Príncipe! – disse o mago. – Aquele ser mesquinho e inescrupuloso!

– Infeliz! Como se atreve a desobedecer a ordem do seu senhor? – disse a Princesa.

– Ele não é meu senhor. Sabe quem eu sou? – disse o mago.

– Nada sei sobre você além do que me contou – respondeu a Princesa.

– O que fiz foi preparar um ardil contra você e o filho do Rei. Por muito tempo lamentei ter perdido este cavalo que eu mesmo construí. Mas agora, assim como você, ele me pertence, e o Príncipe vai sofrer o mesmo tormento que me causou. Portanto, alegre-se, pois lhe serei mais útil do que ele. Sou rico e generoso, e meus servos estarão a sua disposição. Hei de vesti-la com os mais ricos trajes e satisfazer a todos os seus desejos.

Ao ouvir isso ela ficou revoltada e lamentou ter perdido o ser amado e os pais. E chorou lágrimas amargas, enquanto o mago a conduziu para a terra dos gregos onde pousou num prado repleto de riachos e árvores. Nessa região vivia um Rei muito poderoso, que por acaso tinha saído para caçar e se divertir e avistou o persa com a donzela e o cavalo. Antes que o mago percebesse, os servos do Rei cercaram os três e os levaram à presença do monarca. Este, ao comparar a feiura do homem com a beleza e meiguice da jovem, perguntou a ela qual era a sua relação com o idoso.

– Ela é minha esposa e sobrinha – respondeu logo o persa.

Mas a jovem desmentiu o que ele disse.

– De jeito nenhum! Não conheço este homem e muito menos é meu marido. Ele não passa de um feiticeiro que me raptou depois de me enganar.

Levando em consideração o que a jovem afirmava, o Rei mandou castigar severamente o persa, e depois levá-lo para fora da cidade onde ficaria na cadeia. E, apropriando-se da donzela e do cavalo de ébano (embora não conhecesse suas funções nem o segredo de seu mecanismo), o monarca introduziu a jovem no harém, enquanto o cavalo foi deixado entre seus tesouros.

Capítulo XI

Quanto ao Príncipe Kamar al-Akmar, extremamente pesaroso, vestiu trajes de viajante e partiu levando o dinheiro de que necessitava. De país em país, de cidade em cidade, à procura da Princesa, sempre perguntava pelo cavalo de ébano, enquanto os que o ouviam muito se admiravam da história. Assim prosseguiu durante muito tempo, mas apesar da busca incessante, nada apurou. Afinal, chegou à cidade de Saba'a onde vivia o pai da jovem que também não sabia do paradeiro da filha e amargava a sua ausência. Foi então que decidiu partir para a terra dos gregos, e por mero acaso chegou a um povoado onde encontrou um grupo de mercadores sentados, conversando. Decidiu juntar-se ao grupo e ouviu um deles dizer:

– Ah, amigos, recentemente fiquei conhecendo a maravilha das maravilhas.

E eles perguntaram do que se tratava.

– Estava eu visitando um lugar (e mencionou o nome da cidade onde a Princesa estava), quando ouvi as pessoas comentarem sobre um fato estranho que ocorrera há pouco tempo. Um dia, o Rei tinha saído para caçar na companhia de seus cortesãos e lordes, quando chegaram a uma campina e avistaram um velho diante de uma mulher que estava sentada num cavalo de ébano. O homem era feio e disforme, mas a mulher era adorável, muito elegante. Quanto ao cavalo de madeira, era maravilhoso – ninguém jamais tinha visto algo tão extraordinário.

E os demais lhe perguntaram o que o Rei fizera com eles.

E o negociante respondeu:

– O Rei prendeu o homem e lhe perguntou a respeito da jovem e ele afirmou que ela era sua esposa e sobrinha, mas ela desmentiu a história e revelou que ele nada mais era que um feiticeiro sem escrúpulos. O Rei, então, libertou-a do velho. Quanto ao cavalo de ébano, não sei o que lhe aconteceu.

Assim que o Príncipe ouviu a história, aproximou-se do negociante e começou a questioná-lo discretamente, para saber qual era o nome da cidade e como se chamava o Rei, e ao obter as respostas não coube em si de contentamento. Assim que amanheceu o dia, ele partiu e viajou sem cessar até chegar àquela cidade. Logo à entrada, os guardas o abordaram, dizendo que ele não poderia entrar sem a permissão do Rei. No entanto, era hora do jantar e os homens não poderiam solicitar uma audiência. Portanto, levaram o estranho para a prisão onde ele deveria passar a noite. Mas os carcereiros, impressionados com os traços belos do rapaz e sua gentileza, não tiveram coragem de algemá-lo. Ao contrário, repartiram com ele a refeição e começaram a conversar.

– De onde você é? – perguntaram-lhe.

– Sou de Fars – respondeu o Príncipe –, terra dos Chosroes.

Ao ouvir isso, riram, e um deles disse:

– Já ouvi muita história absurda, mas mentiroso igual este homem de Chosroe que está preso, nunca vi.

– E como é feio! – disse outro.

– Que mentiras ele lhes contou? – perguntou o príncipe.

– Diz que é um sábio! Quando o Rei saiu para caçar, encontrou-o com uma jovem linda e um cavalo de ébano, de beleza inigualável. A donzela agora está com o Rei, que se apaixonou por ela e quer desposá-la. Mas a jovem enlouqueceu, e se esse homem fosse mesmo o que afirma ser, poderia curá-la, pois o Rei daria tudo para descobrir um remédio para sua doença. Nesse último ano gastou uma fortuna com médicos e astrólogos, mas nenhum deles foi bem sucedido. Quanto ao cavalo, está guardado na sala do tesouro real, e o feioso está preso, aqui conosco, e não nos deixa dormir porque passa a noite toda se lamuriando.

Assim que os carcereiros terminaram de contar o caso do feiticeiro persa, o príncipe teve a ideia de recorrer a um disfarce que lhe serviria para alcançar seu propósito. Quando os guardas o levaram para a cadeia e o trancaram na cela, ele ouviu o persa chorar e se lamentar em seu próprio idioma.

– Ai de mim! – dizia o velho. – Pequei contra mim mesmo e contra o Príncipe, enganando a Princesa, pois nada consegui com ela! Tudo isso foi consequência da minha insensatez, pois desejei o que não merecia. Por isso o meu destino é padecer.

Apesar de tudo, o príncipe procurou consolar o mago, dizendo:

– Até quando vai se lamentar? Pensa que é o único a ter problemas?

E o velho teve simpatia pela atitude do companheiro e contou-lhe sobre o que lhe acontecera.

Quando amanheceu o dia, os carcereiros levaram o Príncipe à presença do Rei, dizendo-lhe que o forasteiro chegara à cidade na noite anterior, quando a audiência seria impossível. O Rei quis saber como ele se chamava, qual era sua ocupação e porque viera àquela cidade. O Príncipe respondeu:

– Meu nome em persa é Harjah. Sou médico da região de Fars e posso curar doentes possuídos por demônios. Com esse propósito percorro países e cidades, onde pratico a minha ciência, e sempre que encontro um paciente eu o curo.

Quando o Rei ouviu isso, alegrou-se, e disse:

– Bom sábio, você chegou quando mais precisávamos.

E contou-lhe sobre a Princesa, dizendo que se ele a curasse da loucura, em troca receberia o que quisesse. O Príncipe pediu-lhe que descrevesse o que se passava com a jovem e há quanto tempo tinha adoecido. Além disso, perguntou ao Rei como ele encontrara a jovem, o cavalo e o mago.

O Rei contou-lhe toda a história.

– Ainda está comigo, faz parte dos meus tesouros – disse o Rei.

Em vista disso, o Príncipe pensou que seria melhor ver primeiro o cavalo. Se estivesse em bom estado tudo daria certo. Mas, se o mecanismo estivesse destruído ele teria que pensar em outro meio de libertar sua amada.

Portanto, disse ao Rei:

– Preciso ver esse cavalo. Pode ser útil no tratamento da jovem.

O Rei concordou, e imediatamente levou-o à sala de tesouros onde estava o cavalo. O Príncipe examinou-o e chegou à conclusão de que estava em perfeitas condições.

Capítulo XII

– Agora irei ver a princesa, pois, se Alá permitir, minhas mãos e o cavalo vão operar cura – disse ele ao Rei.

Dirigiram-se aos aposentos da Princesa, onde o Príncipe encontrou sua amada se debatendo no chão e rasgando as roupas. Mas não estava possuída por demônio algum. Agia desse modo para evitar que alguém se aproximasse.

O Príncipe logo tentou acalmá-la.

– Sou eu, Kamar al-Akmar – sussurrou.

Ao ouvir essas palavras ela deu um grito, e a emoção foi tão forte que desmaiou. Mas o Rei pensou que foi por medo dele próprio que ela tivera um ataque epilético.

– Shams al-Nahar – disse o príncipe ao seu ouvido –, seja sensata e ao mesmo tempo paciente e firme, pois se agirmos com astúcia poderemos escapar desse tirano. Meu primeiro passo será dizer a ele que você está possuída por um demônio, o que justificaria a sua loucura, mas que eu poderei curá-la e expulsar o mau espírito, se ele a libertar. Então, quando ele vier vê-la, fale com ele gentilmente para que ele pense que eu a curei, e tudo será feito de acordo com a nossa vontade.

A princesa escutou atentamente e concordou. Em seguida o Príncipe foi dizer ao Rei o seguinte:

– Felizmente descobri a cura da doença. Agora vá conversar com ela, seja gentil e diga-lhe que está feliz por vê-la recuperada.

O Rei foi ao encontro da jovem, e quando ela o viu, reverenciou-o e agradeceu-lhe pela visita. O monarca não cabia em si de contentamento e pediu às damas de companhia e aos servos que a levassem para se banhar e se vestir condignamente. Quando vieram buscá-la a Princesa tratou-os com amabilidade. E em seguida, quando Shams al-Nahar foi levada à presença do Rei, estava deslumbrante como a lua cheia. E o Rei disse ao Príncipe:

– Graças a você, Alá operou a cura!

– Agora, para que a cura seja eficaz – disse o Príncipe –, é preciso que o senhor, a jovem e todos os seus soldados se dirijam à campina onde ela foi vista pela primeira vez, sem esquecer o animal de madeira escura, pois nele está o demônio, e se eu não o exorcizar ele voltará para atormentá-la todo final de mês.

O Rei concordou prontamente. Quando chegaram ao local indicado, o Príncipe, ainda com a vestimenta de médico, determinou que Princesa e o corcel ficassem o mais longe possível do Rei e de suas tropas, e disse-lhe:

– Com sua permissão, começarei a incensar e exorcizar para que o inimigo da humanidade nunca mais a perturbe. Feito isso, montarei o cavalo de madeira, que parece ser de ébano, e a donzela montará na garupa. O cavalo vai balançar para frente e para trás, até que se aproxime do senhor, e assunto resolvido. O destino da jovem estará nas suas mãos.

Tais palavras muito alegraram o Rei, e o Príncipe, à vista de todos, montou o cavalo, levando a jovem à garupa. Em seguida ele girou a manivela de subida, e o cavalo partiu com eles, desaparecendo no alto do céu.

O Rei passou horas aguardando, mas eles não retornaram. Quando perdeu a esperança de rever a donzela, voltou à cidade com as tropas e pediu para ver o persa que estava na prisão.

– Ah, traidor, patife – disse-lhe o Rei –, por que não me revelou o mistério do cavalo de ébano? Agora, um espertalhão levou-me não só o corcel, mas também a jovem escrava que usava joias que valiam uma fortuna. E nunca mais os verei!

Quando o persa lhe revelou todo o passado, o Rei teve um ataque e quase perdeu a vida. Durante algum tempo isolou-se no palácio, lamentando o ocorrido. Mas, finalmente, seus conselheiros vieram confortá-lo.

– É evidente que esse homem que levou a donzela é um feiticeiro – disseram –, e graças a Alá o senhor foi poupado!

Quanto ao Príncipe, exultando de felicidade, seguiu para a cidade onde viviam seus pais, e ao chegar foi cumprimentá-los e lhes dizer que a Princesa viera com ele, o que os deixou radiantes. Logo depois, grandes banquetes foram oferecidos à população e as festividades se estenderam durante todo o mês. Mesmo assim, o Rei quebrou o cavalo de ébano em pedaços e o mecanismo de voo foi destruído.

O Príncipe escreveu uma carta ao pai da Princesa, relatando o que se passara e comunicando-lhe que agora sua filha estava muito feliz e casada com ele. O mensageiro levou a carta e presentes valiosos e raros que o Rei recebeu com imensa alegria e fez questão de retribuir à altura. Daí em diante, uma vez por ano, o Príncipe não deixou de escrever todos os anos para o sogro e enviar-lhe presentes. Quando o Rei Sabur, seu pai, morreu, ele sucedeu ao trono e passou a reinar com retidão e justiça, sempre contando com a lealdade e dedicação dos súditos. E Kamar al-Akmar e sua amada, Shams al-Nahar, viveram felizes por muitos e muitos anos.

As mil e uma noites

Contar histórias como uma questão de vida ou morte. Eis a tarefa reservada para a rainha Xerazade quando se tornou esposa do rei Xariar. Este, ao ser traído por uma de suas esposas, resolveu mandar matar as mulheres que desposava após a noite de núpcias. Para evitar o mesmo destino, Xerazade conta ao rei, noite após noite, histórias e mais histórias, sempre deixando o desfecho para a noite seguinte, de modo a garantir que Xariar poupe sua vida para saber o final. *As mil e noites,* livro que reúne as histórias contadas por Xerazade a seu rei, já eram conhecidas na cultura árabe no século IX, formadas por narrativas de origem persa, sânscrita e grega. As histórias foram conservadas em manuscritos dos séculos XIII a XV. A primeira tradução para um idioma europeu foi feita por Antoine Galand para o francês e publicada entre os anos de 1704 e 1717. O manuscrito utilizado por Galan continha 282 noites. O tradutor passou a incorporar histórias de outras fontes, como a de "Simbad, o Marujo", ausente de todas as tradições manuscritas, além de "Aladim e a lâmpada maravilhosa" e "Ali Babá e os quarenta ladrões", que teriam sido ouvidas de um contador de histórias sírio. A partir da tradução de Galan *As mil e uma noites* tornaram-se conhecidas em todo o mundo como um grande patrimônio de cultura, costumes e histórias tradicionais.

Richard Francis Burton

Richard Francis Burton (1821-1890) foi um dos maiores exploradores do século XIX, além de profundo conhecedor das culturas orientais e africanas. Consta que Burton, que chegou a obter a patente de Capitão do Exército inglês, falava 29 idiomas. Em 1842 partiu para a Índia e, em Bombaim, estudou hindustani e persa. Em 1853 foi para o Cairo e percorreu os lugares sagrados da religião islâmica, experiência que resultou no livro *Peregrinações a Medina e Meca* (1855). Fez diversas expedições pela África sob o patrocínio da Real Sociedade Geográfica inglesa em busca das nascentes do rio Nilo. Descobriu o Lago Tanganica, entre as repúblicas da Tanzânia, Congo, Burundi e Zâmbia. Começou a publicar em 1855 sua tradução das *Mil e uma noites* em dezesseis volumes. Recebeu o título de Sir, outorgado pela Rainha Vitória, em 1866. Em 1881, publicou um comentário sobre *Os lusíadas,* de Luís de Camões. Conheceu o Brasil e morou em Santos, no litoral do estado de São Paulo. Também percorreu Minas Gerais, em viagem que registrou no livro *Explorações nos planaltos do Brasil* (1869).

Marta Chiarelli de Miranda

Marta Chiarelli de Miranda nasceu no Rio de Janeiro mas atualmente reside em Florianópolis. É graduada em Comunicação Visual pela PUC do Rio de Janeiro e antes de trabalhar como revisora e tradutora atuou como desenhista gráfica e arte-finalista na redação do *Jornal do Brasil*, no Rio de Janeiro, e na University Press da Carolina do Norte (EUA). Como revisora de tradução realizou diversos trabalhos junto a editoras de São Paulo e do Rio de Janeiro, nos mais diversos gêneros literários, desde o início dos anos 1990. No campo da tradução tem livros publicados tanto na área de história, como de ficção e literatura infantojuvenil. Para a editora Hedra traduziu *Contos Clássicos de Vampiro*.

Andréa Corbani

Andréa Corbani nasceu em São Paulo em 1970. Sempre quis ser desenhista. Na escola gostava de física e queria fazer astronomia. No vestibular escolheu física porque queria descobrir como o mundo funciona. Um dia, na biblioteca da faculdade, viu um anúncio: "Descubra com quantos traços se faz um artista!" Ali percebeu que era com o desenho que descobriria o mundo. Foi desenhar e aprender gravura – uma técnica onde você grava na madeira ou no metal e reproduz a imagem no papel. Ilustrou seu primeiro livro em 2001. Gostou tanto de brincar com as imagens e o texto que não parou mais de ilustrar livros.